김병택 시집

벌목장에서

벌목장에서

김병택

새미

시인의 말

이 시집에 수록한 시들을 천천히 읽으면서, 예전에 비해 사물을 바라보는 시각이 적지 않게 바뀌었음을 확인했다. 이와 더불어, 시를 쓸 때마다 '비시(非詩)'가 아닌 '시'를 쓰기 위해 마음을 다잡던 시간들이 눈앞에 어른거린다. 어떻든, 정체하지 않았다는 사실이 다행스럽다.

2021년 8월
김병택

목 차

제1부

보이지 않는 길

내가 걸어가야 할 길은
산을 오르는 길도
바다로 가는 길도 아니다

일 년에도 수십 차례
생채기 난 다리를 끌며
우왕좌왕 골목을 헤매며

마땅히 걸어가야 할 길을
동반자 없이 걸어왔는데

밀려오는 추위, 더위에도
굴하지 않고 걸어왔는데

숲속의 희미한 불빛을
유일한 길잡이로 삼아

조금도 망설이지 않고
여기까지 걸어왔는데

끝까지 걸어가야 할 길은

여전히 잘 보이지 않는다

우리가 완성될 때

사랑은 센 바람 부는 날의
들판을 쉬지 않고 걸을 때

우정은 지금까지 닫았던
마음의 창문을 다시 열 때

이별은 떨어지는 별을 보며
힘들었던 일을 떠올릴 때

조금씩 완성되지만

우리는 이 모든 것이 실낱같은
시간이었음을 확인할 때

자연스럽게 완성된다

마이웨이

신중히 부르는 그의 노래에는
단단한 장벽을 뚫고 살아 온
'나'의 방식들이 자주 등장한다

운명의 지침은 매우 뚜렷했고
신의 가르침은 엄격했을 텐데

시대의 기준은 아주 분명했고
일상의 요구는 한결같았을 텐데

습관의 힘은 어디서나 강했고
욕망의 무질서는 끝없었을 텐데

그는 옛날을 이야기하듯 노래한다

고디 리*

세상을 보지 않고도 세상을 알았다

준비한 것은 끈질긴 노력뿐이었다

끊임없이 사랑을 노래했다

노래가 끝났다 청중은 열광했다

겉으로는 웃었고 속으로는 울었다

감동과 눈물은 한 그릇에 있었다

세상에 나오지 않고도 세상과 겨뤘다

* 고디 리(Kodi Lee, 이현수): 1996년에, 한국인 아버지와 미국인 어머니
사이에서 태어난 싱어송라이터이자 피아니스트. 선천적 시각장애인
이었고 네 살 때부터 자폐증을 앓았다. 2019년에, 미국 NBC 오디션
프로그램 "아메리카 갓 탤런트(*America's Got Talent*)"의 14번째 시즌
에서 최종 우승했다.

두 그림

　침대에 누워 있으면서도 서 있는 느낌이 드는 것은 벽에 걸린 그림 때문이다 어쩌다 새벽에 잠이 깰 때, 클림트의 「키스」는 어둠의 그림자보다도 먼저 내 눈으로 다가온다 그림의 화려하고 압도적인 금빛 색채는 볼 때마다 큰 감흥을 불러일으킨다 강렬한 사랑의 순간을 표현하는 데는 일상적인 분위기를 넘어선 색채가 되레 현실적이다 그림의 관능이 낯설지 않은 이유를 나는 여기에서 찾는다

　한편, 거실 벽에 걸린 강승희의 판화 「새벽, 제주항」의 새벽 바다에는 배 한 척이 떠 있다 그림에는 없는 장면이지만, 내 눈에는, 동쪽 부두에 마중 나온 연인이 입항하는 배를 향해 기쁜 얼굴로 손을 크게 흔들고 있는 게 보인다 뱃전에 부딪히는 물결 소리는 전혀 단조롭지 않고 오히려 즐겁기까지 하다 만남은 항상 사랑의 원동력이었다

배 한 척

무서운 풍랑을 만나면
힘겨운 항해를
이어가기도 했고
등대를 바라보며
막막한 물살에 몸을
던지기도 했다

마당 지나 골목이 끝나는
어귀 저 건너편 바다에
외롭게 떠 있는
조그마한 배 한 척

이끼 낀 낡은 키
거무스름한 뱃전은
옛날 그대로이지만

심하게 흔들리면서도
놓치지 않았던 꿈은
거품처럼 사라져버렸다

예나 지금이나
숨을 쉬며 사는 삶은
변함이 없지만
사라져 버린 꿈은
찾아오기 어렵다

아무도 눈여겨보지 않은
조그마한 배 한 척

골목을 향해 무엇인가를
계속 중얼거린다

저녁이 되었음은 확실하다

햇살은 늘 뜨겁고
눈부시기도 하여
눈을 감는다 이웃에서
외치는 소리가 들려도
나아가는 길에는
방해되지 않으므로
그냥 방관하기로 한다

날씨 궂은 날이면
시간이 헝클어지는
때도 없지 않다
숨을 쉴 때마다 마스크
속에 감춘 수많은 외침이
터져 나오려고 한다

몸의 한두 군데에서는
파열음이 나오기 시작하고
사람들의 얼굴에서
이기심을 읽는 일이 잦다
밀고 가는 길에는

크게 이상이 없지만

찬 공기가 다가온다
사람들의 눈빛 저쪽에서
흐려지는 게 보인다

아직 밤이 되기에는
약간 이르지만
저녁이 되었음은 확실하다

벌목장에서

일상에 부딪힌 내 희망이
통나무 모양으로 잘린 채
허공으로 빠져나간다

그때마다 들뜬 시간의
한복판에서 자맥질하던
얼굴을 바로 세우고
서둘러 하늘을 찾는다

나뭇가지 사이로는
시간이 빠른 속도로
어지럽게 이동한다

바람이 심하게 부는 날에는
흔들리는 세상이 잠시
눈앞에 나타났다 사라진다

세상을 이기는 방법이
여기저기에 널려 있지만
내가 찾는 방법은

이 땅의 어디에도 없다

깊은 산속에 놓인 벌목장에는
차가운 눈비가 자주 내린다

사막을 건널 때의
스산함이 연신 주위를 맴돈다

어떤 저명인사

어떤 저명한 인사가
험한 세상을 혼자만 겪어본 듯
인생을 가르치고 다닌다

언제나 내세우는 것은
이백여 년 전에 통용되던
누런 색깔의 철학이었다

그는 전국을 돌아다니며
철학을 전파하는 일에 열중하고
바르게 사는 삶을 강조하지만

정작 바르게 사는 사람에겐
정말 어이없는 말들이다

말의 감동은 체험적 목소리를
통해서만 일어나는 것임을
저명인사인 그는 전혀 모른다

배신의 형식

배신은 봄날에 시작되었다
일거리 상자를 들고 온
그의 감미로운 언설이
봄바람처럼 내게 다가왔다
절절하게 스며드는 목소리로
어려운 문제만 해결된다면
이 몸을 온통 바치겠다고
상기된 표정으로 말했을 때
생(生)의 어느 지점에서든
육신의 처소가 어느 곳이든
부르면 곧장 달려올 것같은
그의 얼굴이 어른거렸다
웃으면서 미래의 계획을
속삭이듯 말하지만 않았어도
난 배신의 싹을 벌써
눈치채고 있었을 것이다

배신의 마지막 형식은
알 수 없는 침묵이었다
그 침묵은 지금도 계속 중이다

옛날의 들판에서

들판의 잡초들이 흔들리는 모습은

예전에 보았던 모습 그대로이다

유년시절에 자주 그러했던 것처럼

조그만 돌멩이를 집어 던져 본다

마음이야 더 멀리 던지고 싶지만

그것은 달리기보다 더 어려운 일이다

돌멩이는 곧 포물선으로 떨어지고

비낀 내 오른팔은 공중에서 멈춘다

위로 올라가지 않는 오른팔을 보며

들판에 온 사람들의 운명을 생각한다

하산(下山) 1

여러 색깔의 상투적 언어들이
격렬하게 충돌한 뒤, 결국에는
산행하는 제안이 채택되었다
산길을 걸으며, 륙색에 쟁여둔
이야기를 하나씩 꺼냈다
어느 정치인이 끌어들이는
상황에 함께 넌더리를 내고
사회의 온갖 불의를 향해
돌격하지 못하는 우리는
연약한 소시민이었다
산 정상은 눈앞보다 훨씬
더 높은 곳에 있었다
날씨가 그것을 알려 주었다
아쉬운 하산이 결정되었다
하산은 빙판에 미끄러지듯
서두르는 것이 아님을, 우리는
바위를 넘을 때마다 확인했다
당장 필요한 것은 우리의
둘레를 잘 살펴보는 일이었다
안개의 면적이 넓어지더니

세차고 굵은 비가 내렸다
등산로 곳곳에 꽂혀 있는
표지판조차 보이지 않았다
달려드는 추위에 맞서느라
약속이라도 한 듯 우리는
거의 동시에 어깨를 움츠렸다
상록수들이 먼 나라에서 건너온
열대림인 양 낯설었다

힘들게 귀가한 우리는 서로
몸과 마음이 함께 하산하고
있다는 사실을 자주 끊기는
음성으로 주고받았다

하산(下山) 2

우람한 바위도 약간 흔들렸고
새들이 어지럽게 날아다녔다
나는 륙색 끈을 단단히 매고
다리의 힘을 천천히 조절했다
얼핏 바라본 산 아래쪽 바다에는
몇 척의 어선이 위태롭게
물살을 가르고 있었다
내려오다가 멈추어 서서
조그만 돌멩이를
바다로 던져 보았다
부유물이 이전보다 빨리
가라앉고 있을 터였다
가지런히 서 있던 나무들이
우르르 우르르 소리를 냈고
예상치 못했던 굵은 비가
쏟아지기 시작했다
정상을 눈앞에 두고 있었지만
나는 하산하기로 작정했다

비가 그치고 이번에는

안개가 한꺼번에 몰려왔다

집으로 돌아왔을 때는
또 다른 하산이 시작되었다
아마 내일도 모레도
하산은 멈추지 않을 듯하다

그대의 침묵

—영화 「타오르는 여인의 초상화」

'그대'가 '나'에게 오로지
남긴 것은 침묵이었다
아득한 히아신스 향기가
천천히 지나갈 때도
세속의 잡다한 시선들이
빠르게 지나갈 때도
아무 말 하지 않는 '그대'는
그저 '나'를 바라보기만 했다
물론 다가오지도 않았다
흐르고 싶은 것이
사랑이라면, '나'는 더욱더
'그대'를 이해할 수 없었다
헤어질 때*는
눈물의 양이 순간마다 달랐다
화면에는 깊게 오열하는
'그대'의 침묵이 있었다

* 헤어질 때: 셀린 시아마(프랑스)가 감독한 영화 「타오르는 여인의 초
상화」의 마지막 장면

말 많은 사람

태초에 있었던 '말씀'을 자신의 방식으로 풀이하는 그는 오래 전부터 말이 많다 말 없는 사람은 '없는 말'로 살고, 말 많은 사람은 '많은 말'로 산다 말 없는 사람에게는 기억해야 할 말이 없지만, 말 많은 사람에게는 기억해야 할 말들이 많다 말 많은 그는, 지금도 쏟아낸 말들을 주워 담지 못해 힘든 나날을 보낸다

말 많은 그의 입에서 나온 말들이 넓디넓은 허공을 부유하다가 마지막에는 그 자신에게 돌아왔다 그는 자신의 말에 자신이 해를 입고 있는 사실을 깨닫지 못했다 언젠가 그가 자신에게 돌아온 말들을 향해 화를 내며 소리쳤을 때 그에게 동조하는 사람은 아무도 없었다. 그가 지금도 많은 말로 많은 집을 짓는 일을 멈추지 못하는 것은 차라리 운명이다

주소 확인

잉크 냄새가 아직도 머물고 있는
전화번호부를 펼쳐 나를 찾는다

웬걸, 동시에 다섯 개의 이름이
내 앞으로 다가와 줄을 선다

거주하는 곳들은 다 다르지만
이름의 겉을 감싼 색깔과
크기는 조금도 다르지 않다

옛날에나, 지금에나 내게는
타인의 삶을 무조건 가슴에
담을 생각이 전혀 없는데도

이름들은 그에 아랑곳없이
그동안의 고통과 기쁨을
제각각으로 풀어 놓는다

하지만, 아무리 살펴보아도 나와
다른 점은 발견되지 않는다

말은 계속 공중을 날아다녔다

말은 항상 대기하고 있었다
말이 없을 때,
사람들은 참으로 허전해했다

말은 공중을 날아다녔다
하늘 아래에는
말이 거치지 않은 곳이 없었다
아무도 자유분방한 말을
제어하지 못했다
우리도 말을 제어하지 못해
두 손 잡고 바라볼 뿐이었다

태초의 말과는 달랐다
말은 소통의 수단이었지만
사람을 무시로 해치는
커다란 무기가 되기도 했다

말로써 말이 많았으므로
우리는, 일단 말을
집에 가두어 두려 했지만

말은 날씨에 아랑곳없이
계속 공중을 날아다녔다

래더 매치*

― WWE 온라인 관람기

오불관언의 자세로 공중에 걸린
저 가방을 차지하기 위해
선수들은 '싸우리라, 끝까지
싸우리라'고 의지를 불태운다
몇 초의 시간이 흐른 뒤
링 안의 여섯 선수는
미리 은밀하게 약속한 듯
한 선수를 향해 공격한다
링 바닥에 널브러진
사다리들 위로는 선수의 몸이
떨어지고, 선수의 몸 위로는
사다리들이 쓰러진다 결국
마지막까지 남은 두 선수가
핏발 선 눈으로 대결한다
한 선수가 다리에 힘을 모아
사다리를 오르기 시작하자
링 코너에 있던 상대 선수가
빨리 쫓아가 그를 끌어내린다
사다리가 기울고 두 선수는

링 바닥으로 함께 떨어진다
한참 뒤에야, 관중은 환호하는
승자를 보게 될 터이다

나는 카메라의 초점이
링 밖으로 떨어진 선수에게
옮겨지는 것을 보고 나서야
세상살이의 원형을 깨닫는다

* 래더 매치(ladder match): 경기장 가운데의 키가 닿지 않은 곳에 목표물
  을 걸어놓고, 사다리를 타고 올라 먼저 목표물을 획득하는 사람이 이
  기는 레슬링 경기

새로운 발견

멀리 떨어져 있는 오늘을

내 앞으로 천천히 끌어당기며

잠깐 시선을 돌린다

성채는 오래전에 무너졌고

일상은 하천으로 흐르지만

저쪽, 울타리 밖 동산에서는

하늘을 보며 자란 나무들이

숨 쉬듯 가지를 흔들고 있다

해가 진 뒤 1

—여행의 출발선상

여기에 이르렀다
해가 진 뒤, 다시 떠나는
여행의 출발선상에
놓여 있는 것은 없다
아무리 찾아보아도
오늘 오전과 오후에 만든
몇 개 초라한 기억이
서성거리고 있을 뿐
기분이 상쾌한 출발을
기대하지는 않는다
그렇다고 해서
이미 정해 놓은 출발을
미룰 수는 없으리라

해가 진 뒤 2

―배의 흔들림

상하이 관광단의 구성원인 우리는 교통수단으로 배를 이용했다 처음에는 배로 목포나 부산까지 가면서 멀미를 경험했던 일부가 약간 부정적 반응을 보였지만, 나중에는 대부분 바다 여행이 주는 쾌감을 미리 만끽하는 듯했다 우리가 일차 목표로 삼은 관광 대상은 상하이 엑스포였다

제주에서 출발하여 상하이의 관광을 마치는 데는 7일이 걸렸다 우리가 배로 돌아온 시간은 7일째 되는 날의 오후 7시쯤이었고, 닻을 올려 출항한 시간은 오후 8시였다

해가 진 뒤, 우리는 눈에 띄게 요동치는 심연의 물결을 보았다 대만에서 발생한 태풍이 몰려오고 있다는 새로운 소식이 삽시간에 퍼졌다

초속 20m의 강풍이었다 우리는 전전긍긍하면서 서로의 얼굴을 쳐다보았다 이렇게 강한 바람이 부는데도 갑판에는 남자 몇 명이 모여 소주를 마시고 있었다

파도는 배를 좌우로, 앞뒤로, 상하로, 끊임없이 흔들었다 7m의 파고 앞에서 우리는 속수무책이었다 거대한 파도 앞에 불안하게 서 있는 우리의 운명은 바람 앞의 등불과 다름이 없었다

우리가 탄 배는 무려 22시간의 흔들림 끝에 제주항에 도착했

다. 하지만 그것은 어디까지나 배 안에서의 흔들림일 뿐이었다

배 밖에는 표류하는 일상이 우리를 기다리고 있었다

해가 진 뒤 3

—다시, 집에서

지루한 여행이 끝났다

집으로 돌아온 지금이
낙엽들 어지럽게 구르고
나뭇가지 메마르게 흔들리는
겨울이면 어떠랴

앞서거니 뒤서거니 하며
여행을 방해하던
검은 불빛도
흔적 없이 사라졌다

동쪽에서 솟아오르는
햇빛 무늬들을 따라
회복의 노래를 부른다

짐짓 흡족한 얼굴로
익숙한 공기를 마신다

잠시, 우산을 들고 나가
조금씩이라도 내릴 축복을
두 손으로 받아야 한다

가정(假定)

초가집 뒤뜰 대나무 숲을 지나는 바람이 늘 귓가에 맴돌지 않았다면, 해마다 꽃 피우는 멀구슬나무의 잎새들 사이로 길고 긴 햇살이 흐르지 않았다면, 집 앞에 펼쳐진 바다가 날마다 밀물과 썰물로 바뀌지 않았다면, 일요일 아침 멀리 떨어진 교회의 종소리가 지붕을 넘어 마당까지 찾아오지 않았다면, 열기구를 타고 올라간 공중에서 구름과 대화를 나누지 않았다면, 미물들이 안식하는 여름의 자정 시간 쏟아지는 수백 개의 별과 눈을 마주치지 않았다면, 나는 분명 지금도 어디를 향해 가고 있을 것이다

마음의 지도

나에게 다가오는 그를
친절히 맞으려 했지만
섬세한 그의 일솜씨를
자주 칭찬하려 했지만
정중한 그의 부탁을
기쁘게 들어 주려 했지만
힘들게 생활하는 그를
자주 도와주려 했지만
오랫동안 멀리 떠나 있을
그를 배웅하려 했지만

철쭉꽃 핀 산을 찾아가
봄날을 만끽하려 했지만
마른 땅에 비 오지 않는
맑은 하늘을 바라보며
답답함을 말하려 했지만

실천한 것은 하나도 없었다
마음의 지도일 뿐이었다

제2부

노형공원

타원형으로 조성된 산책길에는 늘 약간씩의 먼지가 널려 있고, 수령 30년이 훨씬 넘은 나무들은 아무리 바람이 강하게 불고 눈비가 내려도 산책하는 사람들 지켜보는 일을 멈추지 않는다

좁은 산책길이어서 적지 않은 사람들이 서로 부딪치기도 하지만, 청년들이 서너 명씩 짝을 지어 걸으며 와르르 웃거나, 동네 사람들이 기구를 이용해 열심히 운동하는 모습은 공원 전체에 건강한 활기를 풀어 놓는다

다섯 시쯤에 노형공원을 산책하는 사람이면 누구나 한 살 정도의 까만 반려견을 품에 안고 의자에 앉아 조용히 쉬고 있는 할머니의 모습을 볼 수 있다

노형공원은 항상 노형 공원을 산책하는 사람들로, 노형공원 주위를 맴도는 소리들로 북적거린다 새들 노래 소리, 여름날의 매미 소리들도 모두 공원을 만드는 데 필요한 요소들임은 말할 나위도 없다

봄날의 수목원

만개한 벚꽃들의 자태는 화려하다 못해 황홀하기까지 하다 나비들이 종횡무진으로 날아다니고 새들도 쉴 새 없이 노래한다 짙은 초록색 나무들이 수목원 사방을 둘러싸고 있어서 수목원을 찾은 사람이 잠시 꿈의 세계에 빠져드는 일도 벌어진다 나무와는 물론이고 하늘과의 대화도 얼마든지 가능하다

수목원은 순수의 세계로 가득하다 수목원에 오는 사람은 눈앞의 풍경에 순응하게 마련이다 나무들은 조용히 숨을 쉬는 것처럼 보이지만 실제로는 오가는 사람을 향해 끊임없이 외친다 무엇을 외치고 있는지를 알아내는 일이야말로 수목원에 오는 사람이 수행해야 할 과제이다

바라보는 아침

사그라지지 않는 어둠을
잘게 깨뜨리며
시간의 항로에 맞추어
임무를 다하듯 찾아온다

아쉬운 마음으로
밤에 지은 한 채의 집을
막 허문 뒤에야 만난다

아득한 지난 밤에
슬며시 찾아왔던 옛날을
다치지 않도록 기억한다

지붕에는 어김없이
길고 긴 바람이 지나가고
마당에 서 있는 나무들은
감시자처럼 숨죽인다

가을의 산책

거리의 큰 낙엽 수목들이
산책하는 사람들을 바라본다

늙수그레한 사내 둘이
쉰 소리로 이야기하며
내 옆을 지나갈 때는
하마터면 나도 그들의
이야기에 끼어들 뻔했다

나무 잎새 주위에 모인
바람이 오늘은 어제보다
더 큰 물결 소리를 낸다

붉은 단풍이 늦은 저녁을
더 짙게 물들이는 사이

조금씩 떨어진 기온이
차가운 비를 몰고 온다

비를 맞으며 어디까지

산책할 것인지를
빨리 정하지 못한다

나도 낙엽 수목들처럼
산책하는 사람들을 바라본다

가을 삽화

내 눈자위에 꽤 오래
머물고 있던 가을이
잠시 머뭇거리다가
내 손을 잡고
붉은 바다로
조용히 뛰어든다
주위엔 햇살이 굴러가는
소리 말고는
아무것도 없다
산을 오르던 사람들이
가을과 함께
붉은 바다에서
헤엄치고 있는 나를
웃으며 바라본다

날씨 예보

섬 날씨는 예보 밖에 있다
봄인데도 섬은
겨울보다 더 심한 추위를
여름보다 더 끈적한 더위를
몰고 온다

날씨에 따라
몸이 바뀐다는 말은 진실이다
춥고 어두운 날씨는 몸을
어둡고 무거운 상태로
맑고 따뜻한 날씨는 몸을
자유롭고 가벼운 상태로
천천히 밀고 나아간다

날씨에 따라
정신도 자주 휘둘린다
결국, 몸과 정신을
잘 유지하는 비결은
날씨 예보를 빨리
찾아보는 데에 있다

나는 하루에도 몇 번씩
날씨 예보에 매달린다
설령 그것이 틀려
실망하는 때가 있을지라도

이렇게 내리는 흰 눈

뚫린 창호지 구멍으로
바라본 집 마당에는
야트막한 산처럼
흰 눈이 쌓여 있다

바람이 강하게 불고
대단한 기술을 부리듯
춤추면서 내리는 눈은
조금도 그칠 줄 모른다

자리에서 얼른 일어나
동네 여기저기를 걷는다
한꺼번에 내 몸 안으로
아침 기운이 스며든다

유년시절에 내린 눈은
마당에 떨어지자마자
쌓이는 함박눈이었지만

어른이 된 뒤에 내리는

눈에는 회색 눈도,
검은색 눈도 있었다

이 아침에 생각한다
이렇게 내리는 흰 눈이
내게 무엇을 의미하는지를

마을 기행 1

기억의 저장고에 쌓여 있는
이 마을의 자잘한 역사가
기실은 허위의 덩어리임을
오래전에 들었으면서도

얼음 강을 건너는 사람처럼
조심스럽게 어귀로 들어선다

대나무의 웃자란 가지에서도
바위의 이끼 낀 구석에서도
새로운 전설은 찾을 수가 없다

마을 사람들은 예외 없이
여러 대에 걸쳐 전해 오는
냄새 묻은 제도를 좋아한다

언제부터인지 이 마을에는,
풍성하게 자란 대나무만을
단단하고 커다란 바위만을
두 손 모아 받드는 사람이

지붕 숫자만큼이나 많다

마을을 나설 때 스친
마을 사람 중에는
혹여, 자기 이름이 다칠세라
노심초사하며 살아가는
소설가 큐 씨도 있었다

회색 가을날의 기행이었다

마을 기행 2

꿈에서만 보던 마을에 들어서자
이층 건물의 계단 가장자리에
무질서하게 쌓여 있던 기억들이
내 헝클어진 머리 주위를 빙빙댔다

춤추듯 낙하하는 먼지의 입자들과
한데 섞인 놀이터의 불협화음이
거리 위에 내려앉았고

길고 가느다란 사연을 끌며
여기저기로 날아다니던 새들은
지붕 위에 잠시 앉아 몸을 털었다

회색 바람이 빠르게 다가오면서
지금까지 간신히 버티었을
무거운 침묵도 조금씩 잘렸다

골목을 뛰노는 아이들의
웃음이 그칠 즈음이면
이웃 사람들끼리 다투는 소리가

공사장 쪽으로 사라졌다

겪는 일마다 입은 상처를 누르며
새롭게 시작했던 하루가
황토색 공기 속에 잠겨 들었다

내 앞의 바다 1

—조천 포구

연북정을 휘돌고 온 바람이
바다 위를 빠르게 달려간다
바위들 틈에 움츠린 미물들이
햇살이 머무는 시간에 맞추어
어젯밤의 흔적들을 지우고
만선의 꿈을 이룬 어선 따라
부두를 향해 온 힘으로 질주하는
물결은 늘 녹색으로 빛난다
수평선을 무대로 오래 나누던
어린 시절의 철없는 대화들이
이젠, 낯선 모습으로 다가온다
한바다 쪽으로 돌을 던지면
옛 선비가 한결같이 사모하던
마음의 조각들이 흩어진다
거기에는, 관절을 일으키며
그물을 손질하는 어부들의
소망도 함께 둥둥 떠 있다

내 앞의 바다 2

—이호(梨湖) 해변에서

공중을 부드럽게 가르는
새들이 바람에 밀려
자주 날개를 퍼덕였고

콘크리트 방파제를 걷는
중국 관광객들은 쉼 없이
뜻 모를 탄성을 질렀다

일들에 치이며 만드는
우툴두툴한 모양의 일상을

아직도 간직하고 있는
옛날의 남루한 추억을

단호하게 버렸을 때는

시력이 약한 내 눈에도
이쪽을 향해 급히 달려오는
새로운 바다가 보였다

내 앞의 바다 3

—다시, 이호(梨湖) 해변에서

참새들이 크게 소리를 지르며
끊임없이 공중을 선회하고 있는데

부드러운 바람이 비끼는 해변의
젊은이들은 여기저기에 앉아
짧은 시간 단위로 낄낄거렸다

곳곳의 회백색 소용돌이에서
무게를 가늠할 수 없는 외침이
나선형으로 계속 솟아올랐고

요란한 구두와 원색 의상을 끌며
떼를 지어 해변을 찾은 사람들의
들뜬 소리가 모래 속으로 스며들었다

파도가 의기양양하게 달려와
급하게 내 발자국을 스칠 때는
삽시간에 유년의 모습이 사라졌다

저녁 기운을 가르며 날아다니는
아주 조그만 참새들이 저마다
부리에 하나씩 물고 있는 어둠을
바다로 떨어뜨렸을 때야

나는 수평선 쪽에서 반짝이는
수십 개의 집어등 불빛을 보았다

겨울 숲

겨울 숲에는 아직도 조금 남은
갈색 가을이 언뜻언뜻 보인다
잿빛 공기들이 어른거리고
화사한 기운은 멀리 사라진다
바람이 불고, 눈이 내렸는데도
어제의 모습은 변하지 않았다
종소리에 밀려 어둠이 시작된다
사람들은 다리를 건넌 뒤부터
녹색 코트 차림의 정령(精靈)을
쉽게 만날 수 있다 정령은
사람들과 밤길을 걸으며 오래된
이야기들을 마구 꺼낼 것이다
어둠의 색깔이 짙어지고
하늘의 별들이 반짝일 즈음
특별히 성장(盛裝)한 사람들이
경건한 마음으로 모두 도착한다
얼굴이 희고 키가 큰 청년이
장난감 같은 마이크를 들고
곧 다가올 새해를 이야기하며
서두의 문을 천천히 연다

의자 깊숙이 앉은 사람들은
설레는 마음을 연신 누르며
겨울 숲의 축제를 기다린다
날아가려는 새해의 꿈을
단단히 붙잡으면서

제3부

우스운 선전

커다란 천막이 뜨거운 태양이 내리쬐는 백사장 구석에 서 있
었다 울긋불긋한 수영복을 입은 사람들이 모두 천막을 향해 걷
고 있는 게 보였다 우리도 그들에 끌리듯 천막으로 들어섰다 수
염을 어지럽게 기른 중년 사내가 열변을 토하는 중이었다 사내
입의 움직임에 따라 유명 정치인의 이름들이 춤을 추었다. 간간
이 터지는 박수 소리가 천막 밖으로 빠져나갔다 그는 자기의 삼
촌이 국회의원을 지냈던 터라 국회위원들의 비리를 잘 알고 있
다고 자신 있게 단언했다

갑자기 사내가 나에게 A를 아느냐고 물었다. 나는 A를 전혀
모른다고 대답했고, 그는 A를 장황하게 소개했다 그의 말에 따
르면, A는 새로운 정치를 이끌어갈 특출한 인물임이 틀림없었다
그의 말을 듣고 사람들이 여기저기서 웅성거렸다 그는 컵에 물
을 따라 마신 뒤 잠시 긴장한 표정을 짓더니 뱉어내듯 빠르게 말
했다 "사실은 제가 A입니다" 우리는 밖으로 나와 천막 입구에
있는, 처음으로 보는 정당 간판과 마주했고, 함께 짧게 웃었다

통증 3

미세하게 흔들리던 물결이
쉼 없이 빠르게 빠져나갈 때

뭉툭한 나무토막이 공중에서
슬레이트 지붕 위로 떨어질 때

웃고 떠들던 동네 아이가
머리를 감싸며 뛰어갈 때

사소한 이유로 약속을 깨는
친구의 목소리를 들을 때

신문 한 장으로 몸을 덮고
지하철 구석에 누워 있는
중년 남자를 보았을 때

잠자코 있던 내 어깨는
발버둥질하며 소리를 질렀다

통증 4

무수하게 날아다녀서
그런 것은 아니었다
오히려 그 반대였다

한창 젊은 시절에도
날아다닌 적은 없었다

날아다니는 꿈을
자주 꾸기는 했지만
날아다니진 못했다

어느 날, 아무 탈 없이
잘 흐르던 피가
뼛조각 앞에서 멈추었다

구름 같은 시간이
두 어깨 위에 쌓였다

통증은, 햇살 쏟아지는
날에만 잘 보였다

통증 5

아무런 예고도 없이
한 무더기의 무거운 짐이
내 어깨에 떨어졌다
안개와 바람과 잡초가
함께 뒹구는 한낮의
벌판에서 벌어진 일이었다
조금 떨어진 곳을
지나가는 사람들은 그냥
바라볼 뿐이었다
한참 뒤, 내 어깨에 떨어진
두 번째, 세 번째 짐도
무겁기는 마찬가지였다
어깨 세포들이 흩어졌다

문득, 하나의 깨달음이
머릿속으로 스며들었다
내 어깨 통증은
공중을 날지 못해
생긴 것이었다

아버지의 어깨 통증과는
애초부터 아주 달랐다

위인전 읽기

요란한 바람이 끊임없이
그의 주변으로 몰려들었다

실수로, 말을 잘못 뱉고서도
상대를 바라보는 두 눈은
이전과 다름없이 당당했다

기세를 좀처럼 굽히지 않는
그의 어깨와 다리에서는 늘
검은색 양복의 가느다란
올들이 미세하게 움직였다

그에겐, 주위에 감도는 소음을
소멸시키는 능력이 있었지만

도로(徒勞)에 그칠 도전을
포기하는 지혜는 전혀 없었다

책의 페이지를 넘길 때마다
내 눈에는 초상화에 멈추는

'상실'과 '공허'의 그림자가
아주 뚜렷하게 보였다

이런 인과설(因果說) 1

서쪽에서 불어온 센 바람 탓에
벽 거울이 크게 흔들린 뒤

몇 해 전부터 조용한 일탈을
준비하던 방안의 많은 사물이
둥근 모양으로 흩날렸다

이야기책에 나오는 인물들의
서로 심하게 부딪치는 소리가
내 곁으로도 조금씩 흘러들었고

창문을 열면서 힐끗 바라본
달력에서는 내가 인내해야 할
새까만 숫자들이 퍼덕거렸다

마디 굵은 손을 애써 움직여
흰 종이를 높이 들어 올리면
지금까지 숨죽이던 생각들이
좌우로 재빠르게 사라졌다

더불어, 단단한 건물을 팽개치고
흙먼지 쌓인 벌판으로 떠돌던
정신도 스르르 허물어져 내렸다

강하게 울리는 전화벨 소리에
놀란 꿈들이 서랍 문을 밀치며
황급히 뛰쳐나오기 시작했지만

황토색 공기를 차단하는 커튼의
무늬들은 계속 침묵을 지켰다

이런 인과설(因果說) 2

우리 집 마루 선반 위쪽 벽에는
할아버지가 늘 바라보던
아주 오래된 시계가 있었다

할아버지는 시간이 만물의
척도임을 항상 주장하는
시간중심주의자였다

어느 날, 그 시계가 없어졌다
할아버지의 승낙을 받은
박물관 직원이 와서 시계를
품에 안고 가버린 것이었다

시계가 있던 벽 주위에는
온종일 윙윙대는
시계의 여음이 맴돌았다

그 뒤부터, 크고 작은 고통이
할아버지의 몸 여기저기에
수시로 드나들었다 집에 온

명의도 할아버지의 몸을
예전처럼 되돌리지 못했다

지금은 정지된 시각으로
박물관에 놓여 있지만
이전에는 할아버지의
'삶의 날'들을 지켜주던
시계를 떠올리곤 한다

닫힌 문

닫힌 문 앞에 섰을 때
가슴 한쪽에서 조금씩
피어오르는 낯선 기분은

순전히 세계와의 단절에서
비롯된 것일 터이다

닫힌 문 저쪽에 있을지 모르는
커다란 희망과 화려한 봄날이
쓸모없는 것들이기는 하지만

오랜 시간을 들여 애써도
닫힌 문은 열리지 않는다

더위, 추위가 한창일 때도 문은
닫혀 있는 상태 그대로였다

언제나 닫힐 수밖에 없는 것은
이 시대가 걸머진 운명이다

어떤 파산자

빛을 감싸는 커튼을 달면서부터
경계를 가르는 벽을 만들면서부터
모든 감각은 부분적으로만 움직였다

러시안룰렛에 빠지던 때와 달리
이제, 그는 좁은 책상에 앉아
과거를 잘게 쪼개고 또 쪼갰다

칙칙한 회색 머리칼들 사이로는
시간이 쉴 새 없이 빠져나갔다
게임에 이길 때마다 진동하던 건물은
미동도 하지 않은 지 오래되었다
사귀었던 사람을 만날 때는
모르는 척하며 시선을 돌렸다

회사로 걸어가던 당당한 발걸음이
은행 응접실에서 큰소리치던 모습이
환영처럼 눈앞에 떠돌기 시작하자
그는 기억의 창을 아예 닫고 말았다.

때때로 사람들의 조언을 들었지만
다른 세계를 찾아 나서는 것은
도무지 마음이 내키지 않는 일이었다

족보 읽기 1

희미하게 빛나던 옛날의 영광도
여기저기서 튀어나오던 고통도
이렇게, 몇 줄의 기록으로 남을 뿐
세상을 차지하고 솟아오르던 기쁨이
칼에 베이는 듯했던 이별의 아픔이
생애를 지시하는 기호들 옆으로
굴레에서 벗어나듯 비끼며 다가선다

수평으로 배열한 이름들을 넘어
아래쪽 칸으로 시선을 돌려 본다
불확실한 생몰년의 미망 때문에
아직도 완성되지 못한 이름들이
항렬, 항렬자의 행렬에 맞추어
열병하는 나를 응시하고 있다

할아버지들, 배위(配位) 할머니들까지
허름한 이념들, 질긴 허위들까지
마침내는 내 눈 그물에 들어오겠지만
혹, 무자식 조상과 부딪치기라도 하면

누구를 만날 때보다도 더 크게 일렁일
싸늘함과 마주할 수밖에 없을 터이다

족보 읽기 2

요즘, 생각의 나침판이 바뀌면서
족보가 나를 찾는 일이 벌어졌다

스산한 마음을 천천히 추스른 뒤
차례로, 이름의 생몰 연대를 확인했다

눈앞에 늘어서는 많은 생애가
세상에 태어나고 하직하는 일은
범상한 일이 아님을 상기시켰다

항렬자를 맞추며, 이름의 정체성을
꼼꼼히 파악한 사각형 글자판이
출세와 낙백의 사정을 토로했다

희고 검은 기운이 함께 밀려왔다

세로로 줄지어 직립한 이름들 너머
낙인과도 같은, 비어 있는 몰년의
회백색 공간 쪽으로 시선을 돌렸다

잉크 위에 머물던 한(恨)의 무리가
족보의 사방을 선회하고 난 다음
공중으로 유영(遊泳)하기 시작했다

진실의 경로

마지막까지 믿을 진실은 종종
거꾸로 선 사실에서 발견된다.

뒤집힌 비닐봉지에서
이끼로 덮인 돌멩이에서

그런데도 주목을 받는 것은
오직 도로의 한가운데일 뿐

이곳에는, 팔팔한 허위가
사건이 벌어질 때마다
은밀하게 자리 잡는다

산수유

한라산 골짜기를 천천히 지나다가
비밀처럼 쌓인 돌무더기 옆에서
거칠게 숨 쉬는 산수유를 만났다

4·3의 기억을 간직한 가지들이
동그랗고 새빨간 열매들을 흔들며
그때 그 모습을 끌어내는 게 보였다

갑자기, 주위에 웅크린 풀들의 틈새로
산을 오르내리던 사람들의 침묵이
적막한 공기와 함께 밀려왔다

게다가, 산수유 바로 옆에 있는
검은색 바위는 지금도 변함없이
황급했던 발자국들로 어지러웠다

서식지도 아닌 곳, 구름이 어지럽게
흩어지는 산골짜기에 터를 잡아
생(生)을 이어 가는 산수유를 보았다

완벽한 상실 4*

―강호삼 씨 증언

　가시리 마을 구장이었던 아버지는 1948년 5·10선거가 있었던 그날에 죽창을 들고 산에서 내려온 사람들에게 잔인하게 살해되었고, 이를 목격한 만삭의 어머니는 두어 달 만에 혼자서 나를 낳았다

　내가 태어난 얼마 뒤, 면사무소에서 담요를 배급해 준다는 소식을 들은 어머니는 나를 품에 안은 채 집을 나서 마을 주민의 마차를 얻어 타고 면사무소로 가던 중이었다. 갑자기 응원대가 쏜 총알이 날아와 어머니의 두 눈을 관통했다 어머니는 곧바로 병원으로 옮겨졌지만, 두 눈은 끝내 치료되지 않았다 어머니는 그렇게 두 눈을 잃었다

　내 나이 스물네 살 때, 어머니는 예순한 살에 돌아가셨다 어머니 생전엔 내 눈이 어머니 눈이었고, 내 손이 어머니 손이었으며, 내 발이 어머니 발이었다 한 몸 같았던 어머니 장례를 지낸 다음 날 아침, 나는 어머니를 따라가야겠다는 생각에 러닝 바람으로 무작정 집을 나섰다. 러닝을 벗어 나무에 걸고 목을 매달았는데도 나는 죽지 못했다 그날 이후, 나는 어머니 삭망을 올렸고, 소상을 마친 뒤 가시리를 떠났다

　나보다 아홉 살 많은 형님은 방황을 계속하다 돌아가셨다 가시 분교 이학년 일 학기가 나의 최종 학력이다 열네 살이 되자

처음으로 밭 가는 일을 배웠고, 열다섯 살이 되었을 때는 돈을
받고 남의 밭을 갈아주는 일꾼이 됐다 쉬지 않고 일을 해도 늘
가난했고 고단했다

    아버지가 4대 독자여서 나에게는 사촌도, 오촌도, 육촌도, 아
무도 없습니다 가장 가까운 친족이 10촌 바깥입니다 그래서 집
안 제사, 벌초 다 혼자하고 있습니다

* 이 시는 「4·3과 평화」 38호에 수록된 4·3의 증언 <암흑 속 내 인생을
  보상해 다오>를 토대로 쓴 것이다. 증언자 강호삼 씨는 1948년생으로
  표선면 가시리에서 출생했고, 현재 제주시 조천읍 신촌리에 거주하고
  있다.

완벽한 상실 5[*]

―강순아 씨 증언

영아 오빠는 열여덟 살이었다 영아 오빠는 어느 날 친한 친구인 영호 오빠네 집에 가서 놀다 온다고 나간 뒤 저녁 9시가 되어도 돌아오지 않았다 밤 아홉 시가 넘어 길을 다니는 사람은 무조건 총살하던 때였다 사돈인 영호 오빠네는 영아 오빠에게 저녁을 먹여 보내려고 했고, 그래서 영아 오빠는 통행금지 시간을 넘겨버린 것이었다 이 일로, 영아 오빠에게는 "산에 연락하러 갔다 왔다"는 죄가 씌워졌다

"오늘은 총살이 있을 것 같다"는 소문이 돌았다 동네 어른들이 수군수군하는 걸 들으며 멀구슬나무에 올라갔다 한림국민학교 운동장에는 사람들이 일렬로 쭉 늘어서 있었다 영아 오빠 얼굴은 알아볼 수 없었지만, 거기에는 분명 영아 오빠도 있었을 것이다 갑자기 '팡! 팡! 팡'하는 총소리가 들렸고 운동장에 서 있던 사람들이 우르르 쓰러졌다 나는 어머니에게 영아 오빠가 총에 맞아 숨겼다는 말은 차마 하지 못했다 한림지서로 끌려갔던 영아 오빠는 그렇게 한림국민학교 마당에서 죽었다

아버지와 외삼촌이 함께 가 영아 오빠 시신을 삼태기에 메고 왔다. 시신은 여드랑밭에 묻혔다 언젠가 벌초를 하러 가보니, 큰바람에 무너진 밭담이 밭 옆에 만들어 놓은 오빠 무덤을 덮치고 있었다 결국 무덤까지 잃어버린 셈이었다

순경이 석방자를 잡으러 집에 왔을 때, 영보 오빠는 여드랑밭에 일하러 가고 없었다 순경은 오빠가 집에 없는 것을 알고 그냥 돌아가려고 했지만, 강모는 순경을 데리고 기어이 여드랑밭까지 갔다 오빠는 고자질 때문에 잡혀갔던 것이다 영보 오빠 시신은 6년 만에 모슬포 섯알오름에서 찾았다 그때 같이 돌아가신 분들과 함께 갯거리오름 곁에 묻혀 있었다

　　아들 둘을 잃고 우리 아버지, 어머니 두 분은 다 울화병으로 돌아가셨어요 우리 어머니는 밭에서 김을 매다가도 아들 생각이 나면 웃통을 탁 벗었었죠 아무 죄 없이 아들 형제 생죽음한 것이 부모 가슴에 얼마나 큰 한으로 맺혔겠어요

* 강순아 씨는 1937년에 제주시 한림읍 명월에서 출생했고 현재 제주시 봉개동에 거주하고 있다. 이 시 또한 「4·3과 평화」 41호에 수록된 4.3의 증언 <먹쿠실낭에 올랑 오라방 죽는 거 봐도 어멍한틴 못굴안>을 토대로 쓴 것임을 밝혀 둔다.

전쟁의 기억

—도안응이아*의 독백

내 눈동자를 앗아가고
가슴에 핏빛 증오의 씨를
심어 놓은 것은
운명도 탄약도 아니었다
살아 있는 동안 마땅히
배면에서라도 응시해야 할
사람과 사람의 전쟁이었다
날 선 어려움을 물리치며
여기까지 목숨의 줄을
간신히 끌어온 내가
매번 기타 선율에 실어
허공을 향해 던진 것은
허술한 집과 가난과
맹목의 세월이 더불어 쌓은
통증이 아니었다
나를 절망의 땅에서
숨 쉬게 한
질긴 전쟁의 기억이었다

* 도안응이아(1966~): 베트남 전쟁 피해자

가족의 일원이 되어

― 증오비*

무더위 심한 여름날의 증오비는
굳은 인내심으로 우리를 보며
상석 뒤편에 홀로 서 있다

약한 바람이 불기 시작하자
아버지, 동생, 어머니의 영령들이
차례로 좁은 들판을 서성댔다
아버지와 동생은 야윈 얼굴이었고
웃으며 속삭이듯 말하던 어머니는
생전의 모습 그대로였다

어젯밤 꿈속에서였다
해변을 배회하다 돌아온 집에는
그날의 일들을 떠올리게 하는
파도와, 주먹을 쥐고 우왕좌왕하는
가족 셋이 함께 있었다

하늘을 날아다니는 새들조차

이곳에 일부러 들러
직사각 모양의 길고 긴 울음을
오랫동안 토해내곤 했다

산 자의 땅에서는
눈을 깊게 감으면
먼 곳에 사는 증오의 대상들이
필름처럼 나타났다

머릿속에 한꺼번에 묻어두거나
종이에 기록하는 것만으로는
도저히 잠을 이룰 수 없었다

* 증오비 : 베트남 꽝응아이성 빈호아 마을에 있음

제4부

아버지의 대님

몇 해 전, 꿈속에서
한복을 입고 열심히
책을 읽고 있는
아버지를 보았다
창문의 덧바른 창호지가
오랜 세월을 견딘 듯
누렇게 변해 있었다

작은 책상 앞에서
아버지는 앉은 자세를
자주 움직였고
나는 그때마다 아버지의
발목을 단단히 묶고 있는
연두색 대님을 보았다

어젯밤 꿈속에서는
간편복 차림으로
숲속 길을 걷고 있는
아버지를 다시 보았다
발목에는 연두색 대님이

아예 보이지 않았다

아버지에게는 대님으로
발목을 묶는 시대가
억울한 시대였을 터였다

옛날 부두

부두에 올 때마다
물결이 늘 나에게
슬며시 전하는 것은
우툴두툴하게 깎인
옛날의 기억이었다

무적(霧笛) 소리가
아무리 그윽해도
마음에 낀 황량함은
쉽게 씻기지 않았다

많은 사람이 부두에서
삶의 항해를 확인하고
일상을 바꾸었다

이별의 손짓이 온종일
떠다니는 부두에는
때로 들뜬 소식도
바람과 함께 펄럭였다

여름날

태양의 파편이 바다에 흩어졌고
한순간 와자하게 일어서는
매미들의 절규가 그칠 줄 몰랐다

수평선 너머에서 일하는
고기잡이배의 집어등이
휘황하게 불을 밝혔다
언덕처럼 큰 너울이
이리저리 움직이는 틈새로
팔을 둥그렇게 휘두르며
그물을 던지고 있을 아버지의
얼굴이 잠깐씩 보였다

허름한 평상에 앉아
아버지의 귀가를 기다리는
우리 가족 어깨 위에
희미한 달빛이
자주 내려앉곤 했다

두레바줄로 긴어 올렸다

설날이 지난 어느 날 아침,

올해의 행사를 메모하다가

기억의 우물에 숨어 있는

봄맞이하는 꽃들의 웃음을
별빛이 흩어지는 여름밤을
단풍에 물든 가을의 얼굴을
함박눈 내리는 겨울 햇살을

아침마다 흔들리는 바다를
집어등이 밝히는 수평선을
일요일의 교회탑 종소리를

두레박줄로 길어 올렸다

가을 운동회

초등학교 운동장에는 전날 저녁부터 달아놓은 만국기가 펄럭였다 아침 시간의 맑은 햇빛이 높쌘구름을 뚫고 운동장 곳곳에 퍼져 있었다 학부모들이 삼삼오오 짝을 지어 운동장으로 몰려들었다 우리는 담임 선생의 지시에 따라 열을 지어 조용히 기다렸지만, 실제로는 운동장 주위에 타원형으로 모여있는 가족 때문에 신경이 쓰였다 의식이 끝나고 경기가 시작되었다 한 번 터진 함성은 끊어질 듯하다가 이어지곤 했다

청백 이어달리기 경기에 앞서 우리 청군 선수들은 일제히 운동복 호주머니에 넣어둔 엿을 하나씩 꺼내 먹었다 선수를 응원하는 우리도 함께 엿을 먹었음은 물론이다 경기에서 일등을 하려면 '일등 엿'을 먹어야 한다는, 엿장수 아저씨의 선전 탓이었다 청군은 죽을힘을 다해 뛰었지만, 결과는 백군의 승리였다 청군인 우리는 풀이 죽은 리본을 만지며, 교문 쪽으로 황급히 이어카를 끌고 가는 엿장수 아저씨를 보았다

이명증(耳鳴症) 해소

처음에 내게 들린 것은

계곡의 바위에 부딪쳤던
바람 소리였다가

들판을 기어다니는
미물들의 신음이었다가

숲속을 가로지르는
새들의 노랫소리였다기

얼마 전에 내게 들린 것은
사람들의 고함이었다가

오늘, 내게 들리는 것은
사람들의 움직이는 소리이다

할아버지의 뒤뜰

할아버지는 당신의 나이 서른다섯이었을 때, 뒤뜰의 옥토에다 귤나무, 배나무, 벚나무, 앵두나무, 복숭아나무, 사과나무, 동백나무 등 나무 일곱 그루를 심었다 나무를 가꾸는 할아버지의 정성에 답하듯, 나비들은 해마다 찾아와 꽃들이 뿜어내는 향기를 맡으며 무리를 지어 군무를 추었다 하지만 오래 머물지는 않았다

할아버지가 만든 세계는 신선들이 사는 별천지가 아니라 친한 벗들과 함께 담소를 나누는 지극히 인간적인 세계였다 할아버지와 할아버지의 벗들은 해마다 나무로 둘러싸인 평상에서 술을 마시며 뒤뜰 일곱 나무로부터 얻는 기쁨을 이야기하곤 했다

고향 집에 갈 때마다 뒤뜰에서는 지금도 할아버지와 할아버지의 벗들이 이야기하는 우렁우렁한 목소리들이 튀어나오곤 한다

사진 속의 근황

사진사가 웃으라고 말해도
한결같이 굳게 약속한 듯
좀처럼 웃으려 하지 않았다

여러 상실을 겪은 뒤부터
약하게 불어오는 바람에
조각난 가슴들이 보였다

대각선 모양의 그림자가
얼굴들 위에서 아른거렸고

이곳에 함께 스며들어
식구들 걱정을 늘어놓던
대여섯 명의 친구들은

낡은 귀퉁이를 맴돌다
아무 말도 없이 사라졌다

햇살이 넓게 퍼지는 날에는

—제주대신문 창간 66주년

비바람 부는 날들을 견디며
토석 위에 조금씩 쌓아 놓은 형상이
이제는 좀처럼 흔들리지 않을
미래의 기반으로 높이 솟아올랐다

정체를 알 수 없는 침묵에
동조했던 일들을 성찰할 때
진실을 기록해야 한다는
교과서 속의 전제는
얼마나 절실한 것이었던가

새벽 가로등에서 쏟아지는
차가운 불빛을 받으며
교문을 넘어서는 젊은이에게
애써 세워 놓은 꿈이 멀리 달아나
숨죽여 고민하는 젊은이에게
물론 진실은 있을 터이지만

내버린 인쇄물의 구석에서도

우중충한 건물 안의 실험실에서도
진실은 얼마든지 찾을 수 있다

햇살이 넓게 퍼지는 날에는
처음으로 일이 시작되거나
사라진 뒤에 나타나는 기호에
기호가 환기하는 시간과 공간에
무엇보다도 주목하라
주목한 다음에야 비로소
깊은 곳에 웅크린 진실과
진실이 끌어내는 또 다른 진실까지
빠짐없이 기록할 수 있으리니

사소한 기억

수시로 내리는 비가
나의 오랜 동반자였음을
오늘 아침에야 깨달았다

퇴색한 마루 난간에 걸터앉아
비 내리는 날의 기억을 떠올리며
수십 년 동안의 일들을 기록한
문자들을 바라보았다

젊은 시절 내내
나를 휘청거리게 한 이유는
일기장의 한 대목에서도
쉽게 찾을 수 있으리라

어느 겨울날,
불투명한 모습의
바람과 구름과 추위가
집을 포위하기 시작했고

나는 처마 밑에 서서

울타리 너머 길 위에
둥둥 떠 있는 또 하나의
'나'를 집안으로 끌어당겼다

이후에도 '어느 겨울날'은
여러 번 나를 찾아왔다

무성영화 주변

포스터 여기저기에 널린 소문과
주인공의 포즈를 부추기는 악기 소리가
한데 어울려 천막 밖으로 빠져나왔다

온종일 비가 내려 관객이 없는 날에는
어깨를 웅크린 채 허술한 의자에 앉아
무엇인가를 생각하는 변사의 꿈이
빠르게 자취를 감추며 사라졌다

나이 든 주인공이 오랜 질병을 이끌고
번화한 거리로 나와 좌우를 두리번거려도
말을 거는 사람은 정말 아무도 없었다

엔딩 크레딧이 힘겹게 올라갔을 때
파도 같이 흐르던 변사의 목소리가
천막 안을 떠돌아다니기 시작했고

한 젊은이가 낡은 물건을 옮기는 저쪽
트럭 반사경에는 집으로 서둘러 걸어가는
부부의 희미한 실루엣이 길게 흔들렸다

바이칼호(湖)의 웃음

—교감(交感)

바이칼호(湖)는
옛날의 시간을 베고
누워 있었다
물살을 가르는 물고기들과
유유히 비상을 즐기는 새들도
누워 있는 바이칼호를
그냥 바라보기만 했다
자작나무들이 움직이고
수면(水面)이 흔들려도
바이칼호는
깨어날 생각이 없는 듯했다
이루어질 가능성이
작긴 했지만
바이칼호의 음성을 통해
직접 이야기를 듣는 것은
우리의 오랜 소망이었다

마침내 소망이 실현될
기미가 보였다

부랴트족(族)*이
조상신을 이야기하며
민속춤을 추었을 때
일행 중의 누군가가
부랴트족의 얼굴과
한국인의 얼굴이 정말
닮았다고 소리쳤을 때
바이칼호의 입술에서는
흰 물결이 하얗게 일렁였다
바이칼호의 웃음이었다

* 부랴트족(族): 남시베리아의 바이칼호(湖) 주변에 거주하는 몽골족. 인
  구는 약 38만 5천 명(1980). 주로 러시아의 부랴티야공화국에 거주하
  는데, 일부는 이르쿠츠크주(州)·치타주·몽골·중국 북동부에도 살
  고 있다. 언어는 몽골어계(語系)의 부랴트어(語)를 사용한다.

달리기

시리고 험한 겨울이었다
우리가 함께 찾은 곳은
평평한 들판이었다

보리밭 구석구석에는
작은 초가집 같은 눈이
위태롭게 쌓여 있었다

우리에게, 차가운 바람은
더운 숨결보다 훨씬 좋았다

들판에서 할 수 있는 것은
오로지 달리기뿐이었다

함성을 지르며 내달리는
우리에게는 가끔
땅속에서 숨 쉬는 미물들의
가늘고 긴 외침도 들렸다

낮에도 저녁에도

바람을 품은 눈이 내렸다

햇빛이 사라진 들판은
눈처럼 냉정했지만 우리는
달리기를 멈추지 않았다

우리가 쉬지 않고 그토록
달리기에 열중한 것은
서 있으면 금세 차오르는
젊음의 무게 때문이었다

연(鳶)

시골길을 한참 걷다가
공중에 높이 뜬 연을 보았다

얼레를 단단히 쥔 아이들이
보리밭을 달리며 끊임없이
무언가를 외치는 소리도 들렸다

겨울방학이 되면 우리도
추위에 아랑곳없이
연싸움을 벌이곤 했다
한쪽에는, 방해 없이
솟구쳐 오르는 꿈이 공중의
어느 지점에 머물러 있었다

아이들이 새빨간 얼굴로
얼레를 풀고 감는 동안
들판에서 자란 잡초들 사이로는
칼 같은 바람이 불었다

시골길을 한참 걷다가
황급히 몸을 굽혀
꿈을 줍는 내 그림자를 보았다

길을 잃었다

높은 산언저리를 걷다가
길을 잃었다
사방에 서 있는 수려한 나무들이
한꺼번에 눈에 들어왔지만
한결같이 낯선 모습이었다

고대 왕릉을 구경하러 갔다가
길을 잃었다
하늘처럼 빛나는 유물들을
하나하나 살펴본 뒤여서
생각은 고대 국가로만
치달리고 있었다

책을 읽다가 저녁쯤에
책상 앞에서 길을 잃었다
회색 구름이 밀려온 뒤
내 의식의 길 바닥에는
파도 같은 비가 내렸다

비가 멈출 기미는
어디에도 보이지 않았다
뚫린 길을 달리고 싶어도
잃어버린 길은
좀처럼 나타나지 않았다

내 귀에 들려온 소리

집 뒤뜰에서 끊임없이
내 귀에 들려온 소리는
잠자리들 속삭이는 소리
나뭇잎들 부딪는 소리
바람 지나가는 소리
햇살 부서지는 소리였다

소리는 언제나 내 귀에
조금씩, 천천히 다가왔다

귀 기울여 들을 땐
육신의 괴로움이
대부분 사라졌고
마음속엔 소담한 집
한 채가 저절로
들어앉아 있곤 했다

해 설

'옛것'의 경이로움, 회복의 노래 — 고명철

'옛것'의 경이로움, 회복의 노래

고 명 철
(문학평론가, 광운대 국어국문학과 교수)

1. 희부윰한 길, '길=삶의 도정'에 대한 예의

어떤 길을 확신을 갖고 거닐 수 있으면 얼마나 좋을까. 어떤 길이 어디로 나 있는지 그 길의 형세를 낱낱이 파악할 수 있으면 얼마나 좋을까. 어떤 길이 내 삶의 은총과 행복을 가져다준다면 얼마나 좋을까. 어떤 길이 내 지난 어두운 치부를 덮어버리고, 현재의 상처와 고통을 견디게 하며, 미래의 광명한 세계로 인도해준다면 얼마나 좋을까.

하지만, 길은 그리 호락호락하지 않으며, 도리어 우리의 기대를 냉철히 배반한다. 게다가 이 모든 기대가 얼마나 헛된 것인지를 준열히 깨우친다.

내가 걸어가야 할 길은
산을 오르는 길도
바다로 가는 길도 아니다

일 년에도 수십 차례
생채기 난 다리를 끌며
우왕좌왕 골목을 헤매며

마땅히 걸어가야 할 길을
동반자 없이 걸어왔는데

밀려오는 추위, 더위에도
굴하지 않고 걸어왔는데

숲속의 희미한 불빛을
유일한 길잡이로 삼아

조금도 망설이지 않고
여기까지 걸어왔는데

끝까지 걸어가야 할 길은
여전히 잘 보이지 않는다

—「보이지 않는 길」 전문

위 시는 김병택의 이번 시집 『벌목장에서』 맨 앞에 놓여 있는
것으로, 우리는 이 시를 음미하면서 그동안 힘겹게 지나쳐온 삶
의 도정을 떠올려본다. 저마다 "숲속의 희미한 불빛을/유일한

길잡이로 삼아" 온갖 유혹과 고통, 그리고 두려움을 견뎌내며 생의 숲속을 헤쳐왔으나, 그 길의 끝은 보이지 않은 채 "끝까지 걸어가야 할 길은/여전히 잘 보이지 않"을 따름이다. 길의 속성은 이렇듯이 매정하다. 그렇다고 삶의 도정을 중단할 수 없지 않은가. 매정한 길일수록 각자의 방식대로 그 길을 가는 것이 길에 대한 예의, 곧 삶의 도정에 대한 예의가 아닌가. 이와 관련하여, 김병택 시인은 "옛날을 이야기하듯 노래한다"(「마이웨이」)고 하는, 자신만의 방식으로서 '길=삶의 도정'에 대한 예의를 수행하고 있다.

2. '옛것'의 시의 정동, 생의 비의성

그래서일까. 이번 시집을 관통하고 있는 시인의 정동(affection, 情動)은 '옛것'의 존재와 친밀성을 바탕으로, '옛것'이 현재의 시공간의 틈새로 미끄러져 오면서, '옛것'으로 정형화된 어떤 사물적 인식에 붙들리는 게 아니라 '옛것'이 함의한 존재의 비의성과 마주한다. 그 마주침 자체가 바로 '길=삶의 도정'이 매순간 존재의 경이로움으로 가득 차 있다는 것에 대한 시의 정동이다.

> 사그라지지 않는 어둠을
> 잘게 깨뜨리며
> 시간의 항로에 맞추어
> 임무를 다하듯 찾아온다

(중략)
아득한 지난 밤에
슬며시 찾아왔던 옛날을
다치지 않도록 기억한다

—「바라보는 아침」부분

 '옛것'과의 마주침은 인간의 권능 중 기억의 힘을 빌린다. 그런데 기억의 힘이 가장 효과를 발휘하는 순간이 있다. 칠흑 같은 적막의 어둠을 "잘게 깨뜨리며/시간의 항로에 맞추어/임무를 다하듯 찾아온", 그래서 숨죽이며 잠들어 있던 존재들이 기지개를 켜고 잠시 주춤했던 생의 감각을 회복하려는 아침 무렵, "지난밤에/슬며시 찾아왔던 옛날"이 화들짝 놀라 금세 달아나기 전 그것이 "다치지 않도록 기억"의 회로를 작동시켜야 한다. 여기서 주목할 것은 "아득한 지난 밤에/슬며시 찾아왔던 옛날"이 정형화된 '옛것'의 사물적 인식의 상투성에 불과한 채 날이 밝자 언제 그랬냐는 듯 밝은 세계 속으로 가뭇없이 증발하는 게 아니라 이 사물적 인식을 넘어 생의 비의성을 간직한 것으로 변환시키는 '기억의 힘'을 불어넣어야 한다. 이것이 바로 '옛것'을 기억하는 시의 정동이다.
 시인의 고향 조천 포구의 풍경을 노래하는 다음의 시에서 예의 시의 정동을 접할 수 있다.

연북정을 휘돌고 온 바람이
바다 위를 빠르게 달려간다

바위들 틈에 움츠린 미물들이
햇살이 머무는 시간에 맞추어
어젯밤의 흔적들을 지우고
만선의 꿈을 이룬 어선 따라
부두를 향해 온 힘으로 질주하는
물결은 늘 녹색으로 빛난다
수평선을 무대로 오래 나누던
어린 시절의 철없는 대화들이
이젠, 낯선 모습으로 다가온다
한바다 쪽으로 돌을 던지면
옛 선비가 한결같이 사모하던
마음의 조각들이 흩어진다
거기에는, 관절을 일으키며
그물을 손질하는 어부들의
소망도 함께 둥둥 떠 있다

—「내 앞의 바다 1」 전문

시적 화자는 조천 포구의 풍경을 섬세히 더듬는데, 이 풍경은 서로 대비되는 모습으로 비친다. "어린 시절의 철없는 대화들이" 오고 가던 유년시절의 풍경에는 "만선의 꿈을 이룬 어선 따라/부두를 향해 온 힘으로 질주하는/물결은 늘 녹색으로 빛"나고, 임금을 사모하는 마음이 담긴 연북정(戀北亭)을 "휘돌고 온 바람이/바다 위를 빠르게 달려"가는 어떤 역동적 활력이 감돌았는데 비해, 현재 조천 포구의 풍경은 문화유적의 형식으로 세월의 흐름 속에 옛 정자가 그 자리를 지킨 채 "옛 선비가 한결같이 사모하던/마음의 조각들이 흩어진" 현실을 적나라하게 보여주며, 어촌의 활력이 현저히 떨어진 것인 양 "관절을 일으키며/그물을 손질하는 어부들의/소망"이 포구 근해에 "둥둥 떠 있"는 모습으로 현상되고 있다. 여기서, 예의주시할 부분은 이 대비되는 풍경의 경계 지대에 "어린 시절의 철없는 대화들이" 놓여 있다는 점이다. 그러니까, 분명, 시적 화자는 현재의 시간대에서 조천 포구의 풍경을 완상(玩賞)하고 있는데, '연북정-바닷바람-바다-포구의 바위-햇살-포구-어선-수평선'으로 자연스레 연결되는 심상은 유년시절 이러한 것에 연관된 순박한 대화들을 기억의 힘으로 회복할 때 생동감을 얻을 수 있는 것이지, 이 기억의 힘이 약화된 가운데 유년시절의 "철없는 대화들이/이젠, 낯선 모습으로 다가온" 순간, 조천 포구의 그 생동감은 스러져버릴 운명과 현실에 속절없이 놓여 있는 셈이다.

이것이 어디 조천 포구만의 일인가. 이호 해변이 급작스레 관광지로 변모해가는 풍경, 가령 "콘크리트 방파제를 걷는/중국 관광객들은 쉼 없이/뜻 모를 탄성을 질렀다"는 데서 단적으로 알 수 있듯, 이제 시적 화자는 "아직도 간직하고 있는/옛날의 남루한 추억을//단호하게 버"릴 현실에 직면해 있다(「내 앞의 바다 2」). 이렇듯이 시적 화자가 '옛것'과 연관된 시의 정동을 벼리는 것은 지금, 이곳에서 스러져가고 있는 생의 활력을 방관자적 태도로 묵인하려는 것과 거리를 둔다. 그보다 시적 화자가 간절히 욕망하는 것은 '옛것'의 시의 정동이 지닌 "회복의 노래"(「해가 진 뒤 3」)로서 정치 사회적 및 문명적 역할이다.

3. '옛것'으로서 역사적 사건, 시의 정치 사회적 비판

여기서, 우리는 김병택의 시에서 수행하는 한국 현대사의 과
오에 대한 비판적 성찰을 눈여겨봐야 한다. 그의 시의 정동은
생의 활력을 회복할 뿐만 아니라 그것의 비의성을 재발견하는
것을 게을리 하지 않기 때문이다.

하늘을 날아다니는 새들조차
이곳에 일부러 들러,
직사각 모양의 길고 긴 울음을
오랫동안 토해내곤 했다

산 자의 땅에서는
눈을 깊게 감으면
먼 곳에 사는 증오의 대상들이
필름처럼 나타났다.

머릿속에 한꺼번에 묻어두거나
종이에 기록하는 것만으로는
도저히 잠을 이룰 수 없었다
— 「가족의 일원이 되어」 부분

영아 오빠는 열여덟 살이었다 영아 오빠는 어느 날 친한
친구인 영호 오빠네 집에 가서 놀다 온다고 나간 뒤 저녁 9
시가 되어도 돌아오지 않았다 밤 아홉 시가 넘어 길을 다니
는 사람은 무조건 총살하던 때였다 사돈인 영호 오빠네는

영아 오빠에게 저녁을 먹여 보내려고 했고, 그래서 영아 오빠는 통행금지 시간을 넘겨버린 것이었다 이 일로, 영아 오빠에게는 "산에 연락하러 갔다 왔다"는 죄가 씌워졌다

"오늘은 총살이 있을 것 같다"는 소문이 돌았다 동네 어른들이 수군수군하는 걸 들으며 멀구슬나무에 올라갔다 한림국민학교 운동장에는 사람들이 일렬로 쭉 늘어서 있었다 영아 오빠 얼굴은 알아볼 수 없었지만, 거기에는 분명 영아 오빠도 있었을 것이다 갑자기 '팡! 팡! 팡'하는 총소리가 들렸고 운동장에 서 있던 사람들이 우르르 쓰러졌다 나는 어머니에게 영아 오빠가 총에 맞아 숨졌다는 말은 차마 하지 못했다 한림지서로 끌려갔던 영아 오빠는 그렇게 한림국민학교 마당에서 죽었다.

아버지와 외삼촌이 함께 가 영아 오빠 시신을 삼태기에 메고 왔다 시신은 여드랑밭에 묻혔다 언젠가 벌초를 하러 가보니, 큰바람에 무너진 밭담이 밭 옆에 만들어 놓은 오빠 무덤을 덮치고 있었다 결국 무덤까지 잃어버린 셈이었다
—「완벽한 상실 5」 부분

베트남의 꽝응아이성과 제주는 동아시아의 질곡의 역사를 공유한다. 베트남전쟁에 참전한 대한민국의 군인은 베트남의 어느 마을에서 무고한 베트남 양민을 학살하였고, 제주에서 일어난 4.3항쟁 당시 대한민국의 군경도 무고한 제주 민중을 무참히 학살하였다. 서로 다른 시기, 서로 다른 국가의 지역에서 일어난 학살의 주체는 공교롭게도 대한민국의 국가권력을 수행하는 군인이다. 시인은 국군에 의해 자행된 이 전대미문의 민간인 학살이, "머릿속에 한꺼번에 묻어두거나/종이에 기록하는 것만으

로는/도저히 잠을 이룰 수 없었"으므로, "직사각 모양의 길고 긴 울음을/오랫동안 토해"낼 수 있는 '증오비'로 베트남의 꽝응아이성 주민에게 또렷이 기억되고 있음을 주목한다(「가족의 일원이 되어」). 그리고 4.3학살에 비운의 죽음을 맞은 한 가족이 그 시신을 거둬 가매장을 했지만 야속하게도 "큰바람에 무너진 밭담이 밭 옆에 만들어 놓은 오빠 무덤을 덮"쳐 "결국 무덤까지 잃어버린" 채 말 그대로 '완벽한 상실'의 충격을 겪은 증언을 듣는다(「완벽한 상실 5」). 시인은 베트남전쟁과 4.3항쟁 도중 자행된 한국 군인의 무자비한 폭력을 서로 달리 관련 없는 개별 국민국가의 역사로 인식하지 않는다. 분명, 이 두 역사는 한국현대사에서 망각되어서는 안 될 '옛것'으로서 역사적 사건인데, 시인은 이것을 사물화시킴으로써 역사에 등재되는 기록으로 자족하는 것을 넘어 '증오비'를 직접 참배하고, '증언'을 경청하고, 이 경험을 바탕으로 한 시적 상상력을 적극화함으로써 자연스레 이 같은 민간인 학살에 대한 시의 정치 사회적 비판의 몫을 실천하고 있다.

4. '옛것'의 진실의 경험, '언어-기계'에 대한 비판

이와 관련하여, 흥미로운 것은 '증오비'와 '증언'이 모두 '옛것'의 진실을 언어로 표현하고 있다는 사실이다. 이 언어는 거짓과 위악을 있는 그대로 드러내는 진실을 궁리한다. 그리하여 이 진실의 언어는 기억의 피와 뼈를 이뤄내고, 이번 시집에서 이 언어/말에 대한 시인의 비판적 성찰은 주목할 만하다.

　　태초에 있었던 '말씀'을 자신의 방식으로 풀이하는 그는 오래전부터 말이 많다. 말 없는 사람은 '없는 말'로 살고, 말 많은 사람은 '많은 말'로 산다. 말 없는 사람에게는 기억해야 할 말이 없지만, 말 많은 사람에게는 기억해야 할 말들이 많다. 말 많은 그는, 지금도 쏟아낸 말들을 주워 담지 못해 힘든 나날을 보낸다

　　말 많은 그의 입에서 나온 말들이 넓디넓은 허공을 부유하다가 마지막에는 그 자신에게 돌아왔다. 그는 자신의 말에 자신이 해를 입고 있는 사실을 깨닫지 못했다. 언젠가 그가 자신에게 돌아온 말들을 향해 화를 내며 소리쳤을 때 그에게 동조하는 사람은 아무도 없었다. 그가 지금도 많은 말로 많은 집을 짓는 일을 멈추지 못하는 것은 차라리 운명이다

　　　　　　　　　　　　　　　　　　　──「말 많은 사람」 전문

　　태초의 말과는 달랐다
　　말은 소통의 수단이었지만
　　사람을 무시로 해치는
　　커다란 무기가 되기도 했다

　　말로써 말이 많았으므로
　　우리는, 일단 말을
　　집에 가두어 두려 했지만
　　말은 날씨에 아랑곳없이
　　계속 공중을 날아다녔다
　　　　　　　　　　──「말은 계속 공중을 날아다녔다」 부분

언어적 존재인 인간에게 말은 '존재의 우주'이듯, 말과 유리된 인간이 우주와 소통하고 관계를 맺는 데 난관에 봉착할 수 있다. 비록 지구상에 다양한 언어가 존재하여 그것들 사이에 자연스러운 관계 맺기가 수월하지 않은 것은 사실이지만, 언어의 상징 및 기호론적 속성을 중시할 때 우주와 관계 맺는 일이 난공불락이 결코 아닌 것도 사실이다. 그래서 "태초에 있었던 '말씀'"의 존재 가치를 아무리 강조해도 지나치지 않을 터이다. 하지만 이 "태초의 말"이 주체와 타자 간의 원활한 평화로운 관계 맺기가 아니라 "사람을 무시로 해치는/커다란 무기"로 작동하고, 심지어 "자신의 말에 자신이 해를 입고 있는 사실을 깨닫지 못"할 정도로 우주의 뭇 존재와 관계 맺는 데 파국을 초래한다면, 이 말을 소유하고 행사하는 사람은 한편으로는 두렵고 영악한 존재이고, 다른 한편으로는 우습고 무능력한 존재다. 정작 말을 자유자재로 부린다고 자신의 언어 능력을 과신할 뿐 말의 권능에 종속된 채 언어의 상징기호를 남발하는 한갓 말을 만들어내는 '언어-기계'로서 자족할 따름이다. 때문에 시인은 이러한 '언어-기계'로 전락한 우스꽝스러운 정치인의 작태에 대한 냉소적 풍자를 「우스운 선전」에서 보인다. 다른 정치가의 치부를 신랄히 비판하면서 기성 정치를 대신할 수 있는 대안의 정치 세력이 제3자인 것처럼 객관화하더니, 그 제3자가 바로 자신임을 자기 선전하는 꼴이야말로 지금, 이곳 한국 정치의 언어가 예의 '언어-기계' 그 이상도 이하도 아니라는 사실을 시인은 매섭게 비판한다. 이것은 현실 정치계의 언어가 지닌 천박성과 낮은 차원의 정치와 무관하지 않는바, 무엇보다 말의 진정성감동은 체험적 목소리를/통해서만 일어나는 것"(「어떤 저명인사」이 부재한 것이며, 말의 감동이 결여되었기 때문이다. "말의)이듯, 이 체험적 목소리는 김병택 시인의 이번 시집에서 소중히 발견하고 있는 '옛것'과 관련한 생의 비의성에 대한 진실의 경험의 산물이다. 비록 "세상을 이기는 방법"(「벌목장에서」)을 찾기 위해 "다른 세계를 찾아 나서는 것은/도무지 마음이 내키지 않는 일이었다"(「어떤 파산자」)고 하지만, "시골길을 한참 걷다가/황급히 몸을 굽혀/꿈을 줍는 내 그림자를 보았다"(「연(鳶)」)던 것처럼 "나는 분명 지금도 어디를 향해 가고 있을"(「가정(假定)」) 진실의 경험을 두려워하지 않는다.

5. '옛것'이 지닌 '대안의 근대'를 찾아

끝으로, 이번 시집에서 김병택 시인이 이 같은 비판적 성찰을 바탕으로 한 시의 정동이 근대세계에서 밀쳐놓았던 '옛것'이 지닌 '대안의 근대(alternative modern)'와 내밀한 접속을 시도하고 있음을 주시할 필요가 있다.

할아버지는 당신의 나이 서른다섯이었을 때, 뒤뜰의 옥토에다 귤나무, 배나무, 벚나무, 앵두나무, 복숭아나무, 사과나무, 동백나무 등 나무 일곱 그루를 심었다 나무를 가꾸는 할아버지의 정성에 답하듯, 나비들은 해마다 찾아와 꽃들이 뿜어내는 향기를 맡으며 무리를 지어 군무를 추었다 하지만

오래 머물지는 않았다

　할아버지가 만든 세계는 신선들이 사는 별천지가 아니라 친한 벗들과 함께 담소를 나누는 지극히 인간적인 세계였다
　할아버지와 할아버지의 벗들은 해마다 나무로 둘러싸인 평상에서 술을 마시며 뒤뜰 일곱 나무로부터 얻는 기쁨을 이야기하곤 했다
　고향 집에 갈 때마다 뒤뜰에서는 지금도 할아버지와 할아버지의 벗들이 이야기하는 우렁우렁한 목소리들이 튀어나오곤 한다

—「할아버지의 뒤뜰」 전문

　표면상 할아버지의 농경문화를 예찬하는 듯 보이지만, 시를 찬찬히 더듬어보면, 할아버지가 정성스레 심어 가꾼 나무와 한데 어울려 생의 환희를 만끽하는 나비 떼와 할아버지의 친구들이 평화롭게 술을 마시는 일상의 풍경에 대한 동경과 그리움을 노래하고 있는 시편이다. 특히 우리가 눈여겨봐야 할 대목은 이 세계가 "신선들이 사는 별천지가 아니라 친한 벗들과 함께 담소를 나누는 지극히 인간적인 세계였다"는 시적 진실이다. 물론, 할아버지가 만든 이 세계에 대해 논쟁의 여지는 많다. 얼핏 근대세계의 모더니티와 분리된 현실이 비현실적 및 퇴행적 세계를 추구하는 것이라고 몰아세울 수 있다. 그렇다고 우리가 관성적으로 누리고 있는 근대세계가 인간적 세계라고 누구도 강변할 수 없다. '인간적 세계'는 늘 유동적이고 가변적인 그래서 역사적 성격을 지니는 것을 전면 부인할 수 없다면, 우리가 안주하고 있는 이 근대세계에 대한 반성적 성찰을 게을리해서 안 되

며, 그리하여 '인간적 세계'를 향한 '대안의 근대'를 쉼 없이 모색해야 한다. 이런 측면에서, 할아버지가 만들었던 세계-'옛것'이 지닌 문명적 감각을 재발견하는 것은 비현실적이고 퇴행적인 그런 게 결코 아니다.

이 문명적 감각의 재발견은 시인으로 하여금 러시아의 남시베리아에 위치한 바이칼호의 원주민 부랴트족의 제의적 연행(演行)을 목도하면서, 문득 그 원주민의 얼굴과 한국인의 얼굴이 닮았다는 경이로움을 체감한다. 그 경이로움의 감각은 얼굴이 서로 흡사하다고 소리쳤을 순간 바이칼호에 일어나는 흰 물결을 바이칼호의 웃음으로 의인화하는 시적 상상력으로 절묘히 포착된다. 골상학 및 해부학을 비롯한 민족유전학 등 근대 과학의 경계를 훌쩍 넘어 남시베리아 원주민과 한국인이 얼굴이 닮았다는 직관, 이것을 격발시킨 인간의 소리, 그리고 이 인간의 소리에 교감한 바이칼호……. 태곳적 바이칼호와 한반도를 잇는 어떤 문명적 감각을 시인이 재발견하고 있듯, 시인에게 '옛것-부랴트족의 제의적 연행'은 근대세계를 포괄하고 넘어서는 모종의 '대안의 근대'를 창안해낼 시의 정동과 교감하리라.

> 마침내 소망이 실현될
> 기미가 보였다
> 부랴트족(族)이
> 조상신을 이야기하며
> 민속춤을 추었을 때
> 일행 중의 누군가가

부랴트족의 얼굴과
한국인의 얼굴이 정말
닮았다고 소리쳤을 때
바이칼호의 입술에서는
흰 물결이 하얗게 일렁였다
바이칼호의 웃음이었다

— 「바이칼호의 웃음」 부분

벌목장에서

초판 1쇄 인쇄일 | 2021년 10월 1일
초판 1쇄 발행일 | 2021년 10월 9일

지은이 | 김병택
펴낸이 | 한선희
편집/디자인 | 우정민 우민지 김보선
마케팅 | 정찬용 정구형
영업관리 | 한선희 정진이
책임편집 | 정구형
인쇄처 | 으뜸사
펴낸곳 | 국학자료원 새미(주)
　　　　등록일 2005 03 15 제25100 · 2005 · 000008호
　　　　경기도 고양시 일산동구 장항동 864-3 하이베라스 405호
　　　　Tel 442 · 4623 Fax 6499 · 3082
　　　　www.kookhak.co.kr
　　　　kookhak2001@hanmail.net

ISBN | 979-11-6797-009-1 [03810]
가격 | 10,000원